人,不管是什么人,应当从事
劳动,汗流满面地工作,他的
生活的意义和目的,他的幸
福,他的欢乐,就在于此。
　　　——契珂夫
　　叶小平九八年五月十日于义乌

小平同志：

　　诗以…

　　诗歌创…

　　这几的孩子…

　　我主张为…

　　…这…

　　给我回音

　　手舒至小…

　　话的尽是全搜

　　…生活…

万川
reflections

一步万里阔

我们劳作在大地上

叶小平/著

中国工人出版社

888便笺

叶十平
2021.4.24 于上西武山路139号
我知道一切都将转瞬即逝
但我还是努力地想留下踪迹
所思所想的尽可能诉诸文字
所作所为的尽量展列于大地

永不褪色的记忆——代自传

◉ 来到人间

我家世居富春江畔桐庐镇,为避倭寇之祸,举家逃往九岭山里。孩提时常听祖父祖母讲述桐庐的美丽风光,祖传的老屋被日寇炸毁的惨景。我生于1956年11月间,出世的前一天,母亲还在为一群农村小孩上课,父亲在千里之外的江苏淮阴任导演。我有四个姊妹兄长,我排行第四。

◉ 会写自己的名字

无忧无虑的岁月过得特别快,至今我还记得赤脚走在故乡的泥路上是多么愉快。有时,独自一人成半天地蹲在溪边的石头上,看水中游来游去的石斑鱼。八岁,我上学了,高年级学生手把手教我写字,真感到别扭。不久,也就自己会写自己的名字了。也懂得了生产队分红方案上我家"倒挂"数字的含义。走向生活时,祖父祖母都健在,他们是很勤勉的,家规也很严,诸如:吃饭时不准随便说话,菜要从自己身边一面捡,更不能挑来挑去;大人谈天,小鬼不得插嘴。记得生平唯一挨母亲的"栗壳子",是因为我捡了邻家被风吹落的桃子吃。

在和我们的祖国、我们的民族一起遭受的那次厄运中,念小学五年级的我,被赶出了学校,戴上了"新生反革命"的帽子,直至1978年公社副书记带着档案袋到我大队来平反。

◉ 标准的农民

那年我才十二岁,父亲在千里之外受批挨斗,也不知道他日子怎么过法。当了十五年的小学教师的母亲带着全家下放农村后,上有祖父、祖母,下有我们这班紧挨着的密匝匝的五兄弟姊妹。那年月,我,一个幼稚的少年,是多么地凄苦、迷茫啊,没有光明,没有导师,没有前途⋯⋯

失学后务农,苦难养成了我倔强的性格,十二三岁起,我渐次学会了各种农活:犁、耙、耖⋯⋯十六岁后到抽调去工作的那些年,在那有五十多个劳力的生产队,插秧我是最快的一个。我具备了农民的品质:勤劳、坚韧。十八岁,我评上了样样农活干得既快又好才能拿的全劳力的工分。贫穷和自尊，使我那时看一个工分比自己的生命还宝贵。"双夏"用手打谷子，指尖磨薄后鲜红的血就往外渗。血汗和全年满勤，曾几次让我获得了劳动积极分子的荣誉。1979年参加了共青团。还学会了石工、果树嫁接、农作物选种。还为大队办了剪刀厂、五金厂。我亲手采的那些方石块，许多是运往杭州造防空洞的，有些至今我还记得在哪些人家的墙基和房身上，还有墓地里。我嫁接种植的桃、李、杏，早已是累累满树了。选的油菜种，被浙大农作研究所选为试验品种，只是剪刀厂、五金厂，我上来工作不久后，就停办了。

● 合格的工人

1980年10月，父亲的职，我毅然让给妹子顶了。12月竟给全家下放户口落实政策，每户可抽一个。我经统考后录取在全民企业，当彩绘工人，后任组长。1982年在厂纪小组负责宣传和搞工会工作，第二年当仓库保管员、图书保管员，经县党校培训，任厂政治学校教师。1984年后任财供科副科长、副厂长，现任厂长。

童年时从连环画上看到的高尔基的话：面向一切，对我产生深刻的影响。我总是勇敢而认真地去干任何一件生活中有意义的事，进厂以来历年被评为文明生产能手，优秀工会积极分子，厂、县级先进生产（工作）者。1984年11月光荣加入了中国共产党。

● 世界真大呵

失学后，在农村繁重的体力劳动之余，在昏暗的灯光下，我坚持自学，曾参加七八年全国高中中专考试（语文88分，数学36分，理化34分）。1982年下半年开始业余自学电大语文类，现已毕业。1983年通过全市职工高中语文统考。

我自幼喜爱文学，在年少茫然困苦的日子里，是默念着"人不能低下高贵的头"而活过来的。我把诗作为我的"救命"恩人来待的，是我生命中自然的需求。1983年以来，在县级刊物上发表短诗《雨夜》《溪》，散文诗《随想录》等十几首（篇）诗文。结合厂宣传工作积极为县广播站撰稿，被评为八三年度优秀通讯员，与人合写的通讯《开拓产品销路的人》，发表于1983年7月2日的《浙江日报》。同年7月被县首次文代会选为县文协副理事长、县文联常委。由于爱好和工作条件，我喜欢读书和跑地方，并感到永不满足，永远新奇。因为从中我知道了：

世界是很大很大呵

永远也走不到边际

远处、再远处——虽然风风雨雨

对我仍有初恋般的吸引

因为，到哪里

都有新鲜的阳光和空气

叶小平（浙江省桐庐县瑶琳工艺美术厂）
1984年6月30日写
1986年3月10日改

写在前面的话

◉ "原来父亲一生都在写诗"——发现诗稿

我的父亲叫叶小平,出生于1956年,小时候全家被下放到浙江桐庐罗溪村,13岁失学进入生产队务农,24岁自学考进国营工艺美术厂,制作火柴、皮夹、彩绘木雕鸭子。29岁,因工作勤奋,被推选为厂长。后来国企改制,47岁的父亲创办了自己的工艺玩具厂。

父亲厂里有许多封着的纸箱,这么多年来,纸箱跟着厂子搬了三次家,他从不让任何人乱动。2023年元旦,父亲病故,腾退厂房时,我们把这些纸箱打开了。原以为里面塞着样品和布料,但一一打开后,才发现里面保存着他从20世纪80年代开始写下的诗歌、日记、随感、信件,40余年来的每一期《诗刊》《世界文学》和《读书》,还有我从小到大送给他的贺卡、明信片、留言条、图画……

化雪的冬天，寂静的厂房。我像开盲盒一样不断发现，如同置身于大型考古现场，每天都发掘出不同年代的旧稿纸。

父亲的日记里，每天、每页都在写我，用一种特殊颜色的笔迹。读着它们，就像在读一本以我为主角的剧本。我发现的第一页诗稿，是被精心收藏在一个文件夹里的《想念》：

> 想念的手很长很长
>
> 能摘任何一个幸福的果

落款是1989年。捧着泛黄的旧稿纸，回忆的潮涌不断向我袭来……

● "我没有虚掷过光阴"——农民、工人与厂长

父亲当过农民、工人、厂长，留给世间一张平凡的履历。但他的人生十分充实。在给《诗刊》编辑部的信中，他说：

> 我没有虚掷过光阴，无论是挥汗如雨的田间劳作，还是夜深人静时的业余攻读……我总是满怀欢喜，以一个勤劳的农民的态度来对待生活。

父亲 13 岁就成了农民。他跟我讲，他只读到小学五年级就没书读了。凌晨 3 点，挑着自家种的桃子，赶 6 点的轮船去杭州卖。"没有导师，没有前途"，是怎样的迷茫啊！在杭州，他偶然翻到一本《世界文学》杂志，扉页上写着，"生活对我们最大的报答，就是我至今还活着！"这句话给了父亲巨大的鼓舞。

也是这时，他看了《童年》《我的大学》《在人间》三部曲连环画，知道了"那么一位大作家名叫高尔基，他的童年非常不幸，但他没有丧失信心，他在艰苦的劳动中还看书学习，对生活充满了信心"。他找到了希望，从此便把"你总是面向一切，从不背过脸去"当作座右铭。

泥土赠予父亲最初的世界观，"天道酬勤"是父亲最相信的真理，就像他写的诗——"我相信大地不会欺骗种子，阳光走过的地方花草一定茂盛。"放假回家时，他常带我回双溪村故居。我们走在田埂上，他会停下来对我说："你看！这杏梅树是爸爸年轻的时候种的！"在与我谈择偶观时，他总会引用苏联诗人雷连科夫的《面包》："要按照对面包的情意，选择我旅途的伴侣。"农人对面包的情意何等珍重，他最知道。父亲冒着暴雨和烈日在厂房外精心培植的菜蔬，在他离世的几个月后还供应着我们的餐桌。在这纷繁变幻的世界上，"种瓜得瓜，种豆得豆"给了父亲安稳的确定性。

父亲始终保持着勤劳淳朴的农民外表,后来却走上了工艺美术的道路,一走就是40年。我记得小时候去厂里玩,他捧起一个布娃娃对我说:"梦雨,你看,一张图纸,在工人手里就能创造出一个产品,了不起啊!""劳动创造价值"这句话,他常常挂在嘴边。

父亲保存了许多木雕彩绘鸭子。当时工厂从上海接外贸订单,每只小鸭子底部都有"中华人民共和国制造"的贴纸。父亲很自豪,他在日记里写:"从手工艺(造型、色彩)可知一个民族之心态。"他尊敬工人,写下:

你看酒桌上

觥筹交错,高谈阔论

但如果你见过凌晨安静的车间

工人师傅们都在聚精会神地做手上的活

谁又才是真正的创造者?

2000年,工厂改制,父亲有很多新的工作机会。当时,他写作已经小有名气,县广播站、县总工会都向他发出工作邀请,可他一定要继续办厂。父亲说,他愿意和工人一起苦干,凭自己的努力,创造更好的生活。其实,一直都有人劝他说做外贸利润太低了,没效益的。但他从不为所动,坚信利润薄没关系，只要勤劳，就有收获。

整理父亲的日记时，我还发现了剪报本。办厂很难，报纸上有外贸发展的动态新闻，他都会剪下来鼓励自己。在生命最后的病床上，父亲还关注着电视新闻里的外贸动态，嘱咐妈妈去交新一年的工厂房租，迫不及待等出院后继续投入生产……

父亲观察世界，用尽所有方法留住有所感触的瞬间。在农忙的田埂上，他用铅笔速写插秧、砍柴、修果树、打石头的画面；在轰鸣的车间里，他描绘出忙碌的工人，在纸片上写下不为谁去阅读的文字。他说，"我记录，是为了时光流逝使我心安"；他说，"写作，是我们观察世界的一种方式。"

◉ "叶子要强有力"——父亲与我

父亲的日记里每一页都有我。我给他买的东西，他都标注着时间和缘由。甚至还有我幼时吃剩的雪糕纸，我和妈妈在溪水边捡的石头，他都洗好晾干，保存了下来。

父亲每年都有一本日记。从1989年的那本开始，一个名叫"叶容"的小女孩成了日记的绝对主角。

在父亲笔下，我是一个伶俐爱笑的小姑娘。"早上抱叶容去镇中后面玩。是第一次到山上。听到鸟鸣时，她很高兴。""她胆子很大，手敢去摸狗的头和狗的身上，一点也不怕，还十分高兴。""我和亚萍在摘茶叶时，她也会用小手去采摘茶叶（尽管有的是老茶叶）。她从小就懂得了劳动，手是用来劳动的。"

1995年，我上小学了，开始用父亲给我取的正式名字"叶梦雨"。他写，"叶梦雨认真做入学考试……一场面试，鼻尖上沁出了汗珠……梦雨，报了小学的名，又要开始新的历程。"

2007年，我准备高考，父亲为我写了一整年的高考日记，用不同颜色的笔记录我的"饮食""身体""学习"和"情绪"——"晚上买了桑葚，梦雨喜欢吃，手上都紫了（5月1日）"；"给叶梦雨整理书桌，把头天晚上擦鼻涕的餐巾纸收掉，擦了窗台、台灯上的灰尘，把台灯上早时卡片收好，另写一小纸片，'宁静致远，丙戌初夏'（5月2日）"……

去外地上大学后，我常常跟父亲打电话、发短信，讨论学习的心得与困惑。他会把我们的短信抄在本子上，也会逐条记录电话内容。2007年9月12日，我坐上离家的火车，他给我的第一条短信是"叶子要强有力！"2009年1月8日，刚考完试，我给父亲发短信："爸爸，真的还有好多题不会做。"他宽慰我："叶子呀，世界上有哪个人能解所有的题呢？"

2011年，我去英国留学。父亲写，"我对梦雨讲，要保持自我独立，那是要有非常强大的力量，或学术、或成就、或一技之长，才行！"与朋友相处不愉快时，父亲给我写了长长的信，宽慰我："我以溪流般的心情寻找友谊，而溪流碰到的却是礁石。"

2013年,我工作了,发了第一笔工资,说要转账给父亲办厂用。他在那天的日记写下,"吾女懂事也。"2015年,父亲来北京看我,那是他唯一一次到我工作单位来。那天的日记,他记得特别详细,我在哪间办公室、哪个工位,他都写下来,还画了一张路线图。

2022年,我忙于工作和生活,有好几天没和父亲联系,他在日记里写,"梦雨未有联系,但心中惦念着。"

从小,父亲总是对我很严厉,他要求"不让一日闲过"。小学一年级,他给我买来日记本,让我每天都写日记,他说即使今天实在不想写,也要写一句"我今天不想写日记"。我想读的书,不论多贵,他都会买。他说:"学习使你会永远立于不败之地。"父亲崇敬刻苦勤奋的女性,林徽因、萧红、张纯如的传记,他都买来跟我一起一读再读,勉励我做一个善良而坚强的人。

我总觉得父亲认为我不够勤奋。即使我取得了成绩,他也从不会充分地表扬我,而是一半赞许、一半勉励,要我更谦虚努力。工作后,我不再凡事向他求助了,与他的交流也少了。每次打电话,他总是海阔天空地跟我聊国际形势、国家大事,说"家长里短的事你跟妈妈聊哦"。那时,我觉得父亲也许并不关心我真实的生活。读了日记才知道,原来我跟妈妈说的

"家长里短",他全都记在日记里。

◉ "诗是生命中自然的需求"——诗思永在

父亲的外表是"浓密的自然卷发,不修边幅的衣着,沉沉的步伐",他说自己是"标准的农民""合格的工人",做的是汗流浃背的体力劳动,很多周围的人都不知道他喜爱文学,竟然还会写诗。

他每天早出晚归,赶工交货的时候连睡觉的时间都没有,但他每天都要挤出时间来读书、写作。我总觉得父亲好有毅力啊,但并不理解诗歌对他有多重要。我总记得,他念诗时抑扬顿挫,会大笑一声说:"哇!——写得真是好啊!"他的嘴角上扬到脸颊,眼睛亮晶晶的,有一种沉浸在文字世界里纯粹的快乐——这是父亲在我脑海中最深刻的形象。

直到读了父亲的诗稿,我才懂得原来诗歌不仅是他的爱好,更是他的需要。诗歌曾陪伴他度过最艰难的日子,他说"诗是'救命'恩人,是生命中自然的需求"。父亲的语言是从诗歌中习得的,纯净、朴素、温柔;父亲的价值观是诗歌塑造的,永远追求真、善、美。他在给《诗刊》编辑部的一封投稿信里说:"诗,是我的老师;诗使我知道该怎样做人。我要用一生的行动报答她。"

父亲深知诗歌的力量,总想把这力量传递给我。在纠结继续读书还是工作的十字路口上,他告诉我——"一路走去,不要为旁边的花草逗留,最好的风景在山顶";他让我戒除浮躁静心学习——"老虎总是独来独往的,只有狐狸才成群结队";他安慰受挫失落的我——"我是一只蜗牛,人们毫不理睬地从我面前经过,但是我呀,有不被理睬的快乐。"无法回家过年但十分想家的时候,他给我写信——"此心安处是吾乡……"

有人说,当你能进入别人的文字,就如进入别人的梦乡一样幸福。而当我发现我在父亲生命中的重量超乎想象时,他却已经不在了,我也不可能再跟他聊聊了。

父亲给我分享的最后一首诗,是土耳其诗人塔朗吉的《火车》——"去吧,但愿你一路平安。桥都坚固,隧道都光明。"父亲曾用勤劳的手为我筑起通向远方的桥,而现在,诗歌成了我与他之间坚固的石桥。我读他收藏的文字,整理他的诗稿,替他出版这本诗集。我走在坚固的石桥上,延续父亲的诗歌梦想,更是延续我与他的回忆。

诗歌可以属于每一个人。父亲是一个再平凡不过的普通人,却能从诗歌中获得一生的力量和滋养。我想,这就是他,叶小平——一个勤奋的劳动者,一个纯粹的诗人,一个温柔的父亲——给我的启示。

最后,我想以一首父亲在 1997 年 1 月 16 日写下的《这是最美好的时光》为结尾,亦作为本书开篇——

我在外面奔波了一天

回到这宁静的家

亚萍烹调的蔬菜豆腐在暖锅中喧闹着

是那么新鲜,那么香气扑鼻

梦雨,我们的女儿

在阳台的桌上

认真专注地做着学校布置的作业

台灯橘黄色的光芒

洒满在那小小的圆桌上

这是我们的家

这是冬日的黄昏

迎宾路上的宿舍里

一户很普通的人家

这是最美好的时光

是对我们一天认真生活的报答

谨以此书,献给每一位认真生活的人。

叶梦雨

2024 年 7 月 30 日

目录

01
我们劳作在大地上

诗的归宿 / 002

人类的杰作 / 004

我曾是一个石匠（1981） / 005

我对面坐着一个姑娘——车间习作 / 006

创造者 / 008

一个影子 / 009

一张订单 / 010

致锅炉工 / 011

敬礼！ / 013

共和国的彩带 / 014

我崇拜 / 015

大树回声 / 016

我是一名工人 / 019

颠簸的欢乐 / 020

我 / 022

扫大街的人 / 023

采购员日记 / 024

你的形象——致一个青工 / 027

我织…… / 028

刨片车间观感 / 029

我曾经是个石匠（1996） / 030

田野 / 033

雕刻 / 034

信念 / 035

电机厂宿舍的屋顶 / 036

劳动是我的爱好 / 037

采茶与采茶舞 / 038

导演与石匠——写给父亲 / 039

我们劳作在大地上 / 040

人字梁 / 041

我是一个农民 / 042

电梯姑娘 / 043

岁月 / 044

夜班 / 046

献给装火柴的女工 / 047

手 / 048

我曾是一粒散沙 / 049

等待 / 050

我的足迹 / 052

农夫 / 054

磨刀歌 / 055

锉 / 056

春之晨 / 057

但愿我的诗也会流汗 / 058

我的工厂 / 060

清明时节 / 061

我曾是一个农民 / 063

02
大地上布满了诗行

生活 / 066

夜 / 067

山路 / 068

四月十一日 / 070

蜜蜂 / 073

灿烂的杏梅花 / 074

理想 / 075

霹雳　春雷 / 076

十八岁 / 078

山里的 / 080

夜 / 081

小石桥 / 082

婚礼 / 084

客商 / 086

老人和树 / 087

猎人之死 / 088

花 / 094

西湖 / 095

我渴望 / 096

永久的雕像 / 098

铸 / 099

闯荡 / 100

足迹 / 101

我一千次地…… / 102

走向黎明——集体宿舍里的歌 / 103

春天 / 104

断想录 1 / 105

意见表 / 110

我有个六平方的天地 / 111

我是研究生 / 112

我，接受考验 / 115

我不怜悯我自己 / 118

断想录 2 / 119

我崇拜 / 121

像一棵树 / 123

崭新的阳台上 / 124

不能再迟到 / 125

绿的缝纫 / 126

三十而立 / 129

人生在刀刃般的路上奔走 / 130

邂逅 / 132

生活的重负 / 133

圣杯 / 135

相遇 / 136

我的生活 / 137

繁荣 / 138

永恒的记忆 / 140

03
这是最美好的时光

- 儿时的回忆 / 146
- 埋怨 / 148
- 那只篮 / 150
- 流汗流血 / 151
- 你 / 152
- 镜 / 153
- 泥土的孩子 / 154
- 袜衣 / 158
- 我不再哭泣 / 159
- 我是山里人 / 160
- 在犁耙即将繁忙之前 / 163
- 出航 / 165
- 三十夜 / 166
- 故乡雨夜 / 167
- 我的宣言 / 168
- 地 / 169
- "雄狮牌" / 170
- 相聚 / 171
- 波涛 / 172
- 太阳在山那边挣扎——写于爷爷去世时 / 173
- 黄土 / 177
- 只有我的眼睛能读懂 / 178
- 隔着生命之河 / 179
- 夏夜 / 181

你的眼睛——献给母亲 / 182

在我怀念你的时候 / 184

黄昏时分 / 186

奔波 / 188

女儿 / 190

心境 / 195

岁月 / 196

我们走过雪 / 198

写在《世界名著连环画》扉页——给叶容 / 199

回家有感 / 201

想念 / 202

报名 / 205

这是最美好的时光 / 206

我们一家 / 208

写在日记本扉页赠梦雨 / 211

脚步 / 212

永久的祝福 / 214

给叶子和张坤 / 215

父亲节致女儿 / 216

我的诗
是我写作的记录

01 我们劳作在大地上

诗的归宿

诗人都那么傻
用诗歌去作桥梁
去寻找爱的归宿
有时会忘情地朗诵
谁知那一片冷漠
想来有谁知晓

还是让诗走向田间吧
去为汗珠唱一支歌
那里有诗歌的归宿

01 我们劳作在大地上

人类的杰作

教授和农夫是一样的伟大
一篇科学论文和一支拦水的堤坝
一样是人类的杰作

我曾是一个石匠（1981）

我曾是一个石匠
沉重的铁锤扛在肩上
从清晨抡到黄昏
眼鼻充满了硝烟
耳畔塞满了叮当

劳作的情绪是那样高昂
头颅里装的是什么思想
灵魂深埋在沉默的殿堂
唯有那无声无形的追求
化成微小却永恒的力量

如今
听不见钢钎的击撞
看不到石片粉尘的飞扬
独有嵌在左肘的钢片
还在隐隐作痛，时时发痒

我对面坐着一个姑娘——车间习作

啊!我对面坐着的姑娘
我知道她的心
就像一个高明的医师
被 X 光透视过一样

她追求,她希望
在黑夜她盼望黎明
在寒冷的冬夜
她盼望春天明媚的早上
于是,她奔跑
奔过无数的高山和大河
她歌唱
歌唱生,歌唱死,歌唱温暖的阳光
她生在富春江边
美妙的心灵就像富春江
她有深沉的情意
比春江水还深,比春江水还长
她有高明的手艺
学绘图胜过鲁班木匠
学彩绘得到第一名在全厂

啊！为何人间少有对美好的报酬
苦苦待人，有时难免被人欺骗一场
痛定思痛，她仍然与过去一样
兴奋、激昂、高傲、欢畅
如今，她的爱得到归宿
她的情人住在富春江
月下映着她的倩影
她把人生又寄托于自己的理想

创造者

你看酒桌上
觥筹交错,高谈阔论
但如果你见过凌晨安静的车间
工人师傅们都在聚精会神地做手上的活
谁又才是真正的创造者?

一个影子

矮小的身材上着一件褪色的长大衣
紫黑色的脸庞上挂着秋天的云霓
工业局的建房工地上我每天见到你
操一口深澳话的老头,真像我逝去的爷爷

你该是抛却那满堂的儿孙和故居的园地
装满那只毛竹烟筒的呛人的烟草
为一个渺茫的希望和一片残留的追求
堆满脸庞的笑,去迎接一个又一个黎明

每一次相遇都是一次灵魂的震悸
年老的有一个年轻的追求,年轻的却年老了
一切一切的为着别人奔波的老人
我的躯体和灵魂都将紧紧拥抱你

一张订单

一张订单
递过来一个泥土气的姓名
一个朴素的农民
写着山区邮路新辟的小村
一长串新书目上刚开订的诗集
粗糙的手,捏着闪光的铱金笔
那字迹虽然还有些弯曲
却明显刚强有力
这是力的呼唤呵
呼唤一种永恒的力

有的笔尖,划破了厚厚的卡片
我郑重地接过这叠订单
看着他微笑走后的背影
粗壮的身材,粗壮的手臂
精神和物质高度的完美统一

致锅炉工

你来时,我看不起你
粗笨的手脚,我以为只有粗笨的思维
你不善言辞
我递一支西湖牌给你
你还忸怩推诿了三次

你住下了
在这里烧锅炉
每天我和你相逢
做生活凭良心
你的话语我铭记心底
如今过年了
空荡荡的广播室里再不见你
真是一次忘年之交
我的眼里常浮现你的身影

烘砌铁炉
楚伯 二十四时

敬礼!

敬礼!上早班的工人
敬礼!上中班的工人
敬礼!上夜班的工人
敬礼!考勤簿上的全勤
敬礼!任务的超额完成
敬礼!像钟表一样永远勤劳的人

共和国的彩带

你是不识字的铺路工
但你最知铺路面的作用
你知道人类将这样走向文明
共和国的一节彩带
在你的手里

我崇拜

我崇拜冲床顶向模壳
我崇拜导火线点燃的刹那
我崇拜变电站启合的大闸
我崇拜暴风雨向大地的冲杀
我崇拜陨星最后光辉的挥洒
我崇拜日月星辰
我崇拜爆破

大树回声

大树倒下了
倒在大山的怀里
树桩流出了痛苦的泪滴
难道不痛苦吗
树梢停止了生长
树叶停止了呼吸
阳光的抚爱
春风的吹拂
再也无法享受
大树倒下了
倒下就意味着腐朽
倒下就意味着死亡

谁说倒下就是死亡
谁说倒下就是腐朽
大树倒下了是为了自己的使命
大树日夜前进
大树乘着火车前进
大树日夜前进
大树成了万吨巨轮上的舵柄
大树成了窗棂

为千万个家庭唤来黎明
大树来到了火柴厂
汽车鸣着喇叭欢迎
所有开工的机器欢迎
幼儿园的儿童唱着歌在欢迎
大树不再流泪
大树是大地养育
大树最知报答养育之恩

刨啊,切啊,筛啊,烘啊
一切为了追求
一切为了献身

锯片不断地分割
刨片不断地切削
不断地调整和冲压
我成了正直
充满棱角的火柴梗
烘梗炉的高温
压干我过多的水分
大车上的撞针

把我打出连板上的小孔
连着大车的带子旋转
每一次都沾上血红的磷
长跑队的第一支火炬
炼钢炉的第一缕火苗
乡村的第一丝炊烟
光明常在，火花常在
每一根燃烧的火柴
都是大树追求的回声

我是一名工人

自从第一只走出森林的猿猴
扔下树皮的衣衫
拿起第一把刀耕火种的镢头
我是一名工人

从远古的尧皇舜帝
都江堰,地动仪,指南针
计算星转移
我是一名工人

山海更迭
多少帝皇的宝剑冶成
锻炼了抵抗外侮的弓弩
我是一名工人

道德文明
精神文明
为"四化"肩负历史的重任
我是一名工人

颠簸的欢乐

我探寻神境的美色
我坐上汽车
像巨浪中的船
在未掘宽的乱石路上行进

那看路工,没有言语
只送来一丝歉疚的笑意
笑声抖落鼻尖闪亮的汗珠
流向石缝

通向文明
通向黎明
通向晨曦
通向未来

远眺桐庐大街旁新楼房顶
在砌砖铺水泥板的工人……
他们抛掷着砖块
像小时抢炒米糖
连笑声都融进了砖缝
朝霞是他们理想的翅膀

01

我们劳作在大地上

我

我是泥土
生来就习惯了沉默
忠实地守护伸向我的触角
没有什么痛苦需要诉说
我是有一些随性的
是农民的利锋将我划破
但我不流血,不流泪
我要庄稼茂盛,吐出金果
我是泥土
我愿将一切勤劳的梦孕育
给犁耙以硕果
给勤劳以收获

扫大街的人

黎明即起,洒扫庭院
你们是一群由古训培养出来的乡下人
来到所谓的城里
每天为我们扫拂着
落日的灰烬和坚韧
你们这勤劳的乡村里出来的手
紧握着那竹梢扎成的拂尘似的扫把
清扫着
这城市的街衢和小巷
当太阳照耀的时候
让所有在阳光里生活的人
都行走在干净整洁的大街上

采购员日记

当太阳开始镀金的时候
我胸揣老厂长的嘱咐和签证
出发了,怀着太阳般炽热的心
在这阳光灿烂的早晨
我知道远方等着我的
是无数拥挤的餐桌和售票亭

外滩四川路上客室里
一点五平方米的钢丝网体
虽然也有鸟似的眼睛
(因为惯于觅食)
和举足轻重的手
(那上面凝着无数的尼古丁)
我讨厌,但敌不过欢喜
他们的脸
一本无价的书
每一张都是其中的一页

我采购锅炉和汽笛
也采购小小的螺丝钉
经过南京路也忘不了

带回一本《培根论人生》

黄河、长江嘉陵
敦煌石刻、万里长城
即便在飞掠而过的列车上
我也脱帽静立,行个深深的注目礼
远方在呼唤我
无数庄严而陌生的姓名
我知道那里有我
——我们需要的一切
物质
——直至精神

你的形象——致一个青工

十七岁的生命
像一朵云
坠向地面
在新大楼的最后一道粉刷之际
新街上
无数人走过
翘首摩天的高楼
赞叹不已
谁也记不得那朵年轻
而永远消失了的
红色的云

只有大厦是永远沉默的
一个不朽的墓志铭

我织……

织绸工的心声
心中飘出的思绪
伴着绵长的丝
从我温热的手掌流过
机声和着我心灵的节奏
我快慰而不感到劳累
每一寸绸
都是我献给生活的色彩

刨片车间观感

是天上飞下来的瀑布
还是地下喷冒上来的源泉
这银白色的绸缎
在这里不断地飞泻

是瀑布又为什么会燃烧
是源泉又为什么能发火
这银白色的难道是黑夜的幕布
这不断飞泻的瀑布呵
和黎明一起在大地上欢呼

我曾经是个石匠（1996）

我曾经是个石匠
在我年轻力壮时
我的肌肉和骨骼是锤子和铁砧
组成一个最有力的角度
锤声铿锵
火星飞迸
沉睡亿年的块块
在力的弧线下
在力的冲击下
成为一种正方的立体
成为一种崭新的形态
存在于空间中

现在我已中年
年轻的锤已生锈斑
铁砧已经尘封
只有那锤声
萦绕在我梦中
依然清脆、节奏均匀、富有韵律

01

我们劳作在大地上

插秧
桂林
三十一日夜.

田野

笑声
在雨帘中
在竹篮盛着的新米饭的喷香里
扩散

谁也不会去埋怨雨
摸摸嘴
燃着一支大红鹰
(真幸运,胸前的火柴是用尼龙布包着的)
笠帽下可以避开雨
田野忙开了
雨,是田野最需要的
农民不会埋怨雨
更不会埋怨泥泞

雕刻

生活需要完整
中国需要雕刻
不能再是一块粗坯
在世界面前
中国是一只雄鹰
我们这群最普通的工人
在塑造一个勇猛的形象
活的灵魂

信念

我是一块黑色的铁块
我渴望未来
把我交给火去考验吧
交给铁锤去锻炼
在通红的炉膛
我会兴奋得绯红满面
在铁砧上我也有
美丽火花的飞溅
炉火愈旺愈将纯洁我的心田
锤子越重越烈啊
愈将坚定我的信念

于是我走向一切需要我的岗位
哪怕有一天,我磨损的躯体被人废弃
我仍深深将这光辉的历程怀念

电机厂宿舍的屋顶

昨晚华灯初上时分
我跟玉强爬上了电机厂宿舍的屋顶
远处的灯光闪烁着
淡红色的,淡白色的,淡绿色的……
近旁的已从地面崛起二层高的楼房上
一群在吊车旁运砖的工人轮廓是那样的清晰
强烈

黑里透红的胸膛
宽阔的裸着的背脊和臂膀
肌肉隆起的大腿和小腿
一吊车一吊车
红色的砖块从地面运到二楼上
他们的动作协调、利索
看不出有丝毫的疲倦……
希望在这里崛起

劳动是我的爱好

我曾经是那样虔诚的一个"报应"论的信徒
同时,又是一个勤劳的农民
我的汗水曾化作晶晶的白米和母亲脸上的笑
其实,那时我并不渴望酬报
劳动是我的爱好

如今我耕耘的场地变了
我的信念有的变吗?
还能为母亲的一缕微笑
而起早摸黑地劳作吗?

采茶与采茶舞

一九八五年五月七日夜,住歌舞夏塘
黄昏时分看到山上采茶回来的人
姑娘、男人、小孩、老人
由于阴西山上水汽很重,采茶人的衣裤全湿漉漉了
连头发都发蔫了,没有一点光彩
那扁圆形的背筐里盛满裹得很紧的茶叶
把整个头部和身子向前倾
把背上的力点放在臀部上
才保持了身体的平衡

想到采茶并不像采茶舞那么轻松
想到人类艰辛而顽强的奋斗
远处山上的浓雾将山笼罩着
也笼罩着我的心

导演与石匠——写给父亲

你导演过的戏剧
不知是否还有人在演唱
我为你采的方块石
静静地垒在你的墓场

我们劳作在大地上

常冥想着一个命题
我是什么
我们是什么

鸟飞翔在天空
鱼游戏在水里
我们劳作在大地上

人字梁

在白夜繁忙的车间
我的热汗流淌
在我视野的上空
巨大的人字梁
你护卫着
我的希望和理想

你脚下，花岗岩的基础
红砖垒成的墙
你心里凝结着坚韧的螺纹钢
千斤顶和起重机的嘱咐
阻风挡雨的屋脊
你牢牢扛在肩上

水泥和钢筋的爱情
不同角度交错组成支撑的力量
你的形象给了我启迪
我更喜欢写日记了
每天记下对你的感想

我是一个农民

我是一个农民
我希望有一天
像播弄泥土一样
播弄文字
中华的土地上
哪一样农作物
不属于我们

电梯姑娘

电梯的姑娘
你的世界是狭小的
只是天地间的那么一个空间
来来回回
总走不出那条定额的路

你也许读初中、高中
读过语文和阿拉伯数字
如今,在读电钮和指示灯
读千变万化、熟悉和陌生的脸

你打开门,人们便随意走进走出
说一句谢谢也罢,理所当然也罢
你总是无所谓的态度
把人们送上天,把人们送下地
你总站立于原地
仿佛无动于衷
而时时刻刻激动不已

岁月

雨丝
飘着
接触泥便是艰辛
行走的
挑担的
辽阔的田野上
抢收抢种
该收获的快收获
该抢种的快抢种

01

我们劳作在大地上

夜班

交货期如约会
让你心颤又心急
一纸外汇合同
牵动一百个女工的心
每一只外销纸箱上
是客户的货号
在这里
被热爱又被诅咒

献给装火柴的女工

你的工作实在平凡
在单调的重复中
度过宝贵的时间
一天六十盘
六十盘，九百盒
九万次火的贡献

一天九万次
十天，百天
九十万，九万万
炽热的情感
不息地流向指尖
每一盒都充满
你对幸福生活的祝愿

手

看到那些来自河南、安徽、江西等地的打工妹
在忙碌地擦饭店门柜上的灰尘
为饭店里的住客忙碌地端菜
多少双乡村的手
多少双少女纤细的手
把现代都市的文明
擦得锃亮

我曾是一粒散沙

我曾是一粒散沙
异国强盗的铁蹄
肆无忌惮地在我身上践踏

是一场伟大的暴雨
洗去了我的污辱
痛苦的记忆仍铭记在心啊
如今,我筑进高高的火箭发射架下
谁也别想再把我欺诈
我正义的怒火随时准备喷发

等待

当我怀揣一个凤凰涅槃的愿望
求助于一笔必须要有的资金
以推动我们的工厂
更加有力地走向世界
但从此,也就必须走进许多门

敞开的门,随时进出
门内却是一片空洞
关键的门往往紧闭
你不能用青春去敲它
憋着气用求爱的手指
轻轻敲打

而我知道,那门里
香烟在岁月的空间中缭绕
绿茶在时间的泡制中沉浮
而我只能等待
用我的青春和热血

于是,我在门外徘徊
遥望远处的富春江

想起当年的孟浩然
乘一叶小舟
是一番悠闲
我也是爱他的
但我的命运和他不同
我在这一道道门前等待

我的足迹

我驾着压路机
每天在新辟的路上颠簸
我粗壮有力的手
沉重的方向盘握得紧紧的
我是理想和希望的先行者
我的足迹沉着而坚定

我的身后将有一支
永远新鲜的交响曲
不会再如我的单调和沉闷
如飞的节奏和笑声的旋律
生活的洪流
将随着我走过的路延伸

01

我们劳作在大地上

野猪陇

农夫

无论你是饥肠辘辘
还是大腹便便
这是一个无法否定的事实
至今南方珠圆玉润的白米
却是从那些背着青天
脚踏泥浆的农夫
指缝里流出来的

磨刀歌

在中国南方偏僻的小村
常可以看到肩背条凳、身围条布的磨刀匠
他们大都是白发苍苍的老人……

磨剪刀、磨砍刀
一声又一声吆喝
磨骨刀、磨菜刀
磨锈了的刀、磨钝了的刀
昨天磨刀、前天磨刀
今天磨刀、明天磨刀
磨掉了锈,锋利了刀
许多光阴也会一起磨掉

锉

原本也有沸腾的日子
有血红的形体
血红的思想
血红的理想
可是只因一只模子灌错了
将我浇铸
成型于锉刀
而没有成为锤子
可以敲打坚硬和不平

锉刀也罢
仍不失于祖先的遗传因子
生就是硬汉子
只是外形丑
但还是爱我自己
面对锈斑和不平
我用利刀般的牙齿
去一块块咬碎

春之晨

此刻,在我家乡的村口
人们赶着耕牛,肩荷锄头
迎着微笑的太阳
向着绿草茵盖的田地走去

喜鹊在枝头欢送
雄鸡还在播放连播节目
冻结的泥土复苏了
连小草儿都挂满感激的泪珠
一个天时地利人和的播种
一个沉甸甸的收获

但愿我的诗也会流汗

就像在饥荒的年月
我需要粮食
忍饥掘荒
实打实地挥锄
像铿锵的音节
敲打在我的土地上

我的诗，符合我粗犷的力
不需要技巧和修饰
只是很虔诚
但愿我的诗也会流汗
让别人都羡慕我的收成
因为我勤劳

01

我们劳作在大地上

我的工厂

一种教育总被另一种教育说明
任何行动都有一千种理由
我是厂长,是书记,权力一把抓
又像大人哄小孩,一块块糖
一块又一块地分下去
这次很听话,下次可又怎么办

于是最高的绝招是树自己的形象
最好是一棵山顶上的青松

清明时节

因为到了这个季节
你的脚触到泥土
触到春水消融着耕地
可以感到温暖
从脚跟窜到身上

因为到了这个季节
无论阴晴雨雾
都有这种温暖
它吸引着我们
已经多少个年代了
尽管理论家的谈论是一种愉快
而我们只是把脚深深插入泥土

我曾是一个农民

我曾是一个农民
黑色的脸庞
是太阳留给我的标记
虽然因此
有人嘲笑
有人尊敬
我至今还保持习性
像选种一样
选准文章里的每一个文字
像耕耘一样
操纵属于我的机器
我愿永远是个农民
我宁愿让太阳
把我烤成黑色的泥

近来我仔细地观察生活

觉得生活太丰富了，

大地上布满了诗行。

02 大地上布满了诗行

生活

长命灯在坟山上
一片鬼火的荧光
一个个浮魂在游荡
孤儿找不着亲生的爹娘

一条条小径
像一颗失恋的痴心
漫长而空虚地绕着
这岿然不动的桂枝山

有多少为逝去的悲哀
有多少为未来的高歌
循环不息的长链
映出二个巨大而模糊的字
——生活

夜

夜的港湾里
泊着我晚归的船
日记本上
我又写下今天的航线
狂风急浪战胜了
我的心仍在搏斗过的海面

山路

你是走向天堂的云梯
你是大山不朽的神经
驮着刀耕火种的希望
人类的足迹和虎的足迹
在这里重叠
无数的神话在这里跃落
遍地干草也流出澄澈的泪

饿殍的尸骨和血战的战俘
千千万万颗红色跳跃的心
山风的呜咽和雨的哀泪
暴风雨带来的回忆

总有一天青草将覆盖
山路历史顽强的记忆
如今我从山里走出来了
我仍愿保持山路的脾气

02

大地上布满了诗行

四月十一日

我常常听到人们的埋怨
把年轻的一代贬唾
如今我要把我的见闻一讲

四月十一日早晨桐一杭客船上
我座位的旁边
几位进口式的小伙子开着录音机
把外国歌曲播放
忽然走来一个老娘
提出一个请求
我是卖唱的
为弄一口饭吃
请把录音机稍停一场
小伙子欣然关了
我为之心动
他们行动的高尚

老娘自称民间艺人
在下乡的路上把脚跌伤
今日去东梓治疗
唱一曲《楼台会》

望大家捧场
给几个分币
感谢大伯、大哥、小妹、小弟们的帮忙

这老娘一副打了皱的脸
实在没有引人注目的模样
更苦的是那喉咙像鸭叫
三两声不入调的干唱
搭板时敲时响
也鼓不起旅客们听的欲望

摸什么
我身边一位采购员式的青年
早把一角钱放在那本《武林》杂志上
几个拥有录音机的也在边议论边把口袋摸索
几只手递来的分币攥在一只手上
"噢,唱得太差,有什么好听"
"喂,过来"
卖唱的接过那一叠打了皱的分币
钱币在她手中的杯里叮当作响

老娘从那穿中山装的身边走过

那只杯子在他们面前摇晃
无动于衷的态度
即使最期待的人也会失去希望
隔排临窗那些人假日外出游逛
在热闹打扑克的一群姑娘
打开花俏玲珑的皮夹
许多双柔软的手
一起把整齐崭新的纸币递到她的手上
红润的脸上我看到从未有过的自豪
细柔的手臂越过贵妇人般的肩头
高傲的眼睛中露出焰怒的目光

另一排那口袋上插着一排金笔的学究
趁人们的纷乱也在发着世故的言论
"还不是骗人，现在太多了"
这种艺术的装模作样

而我也被那些关录音机的行动启迪
我为心中产生过的错误，脸红得滚烫
我心中产生一种真正的厌恶
这厌恶我又不能对任何人讲
因此写下了这首劣诗

蜜蜂

追春是你的使命
鲜花是你生死相恋的情娘
虽已相处千年
仍像初恋一样

谁说恋爱忘乎一切
只为自我幸福的清享
你们把爱情的甜蜜传布
大地上流动着一座座糖厂

灿烂的杏梅花

妈来信,告诉我幼年种的杏梅,已是满树梅花,她老人家感谢我……

那时
我是惶惶的蚱蜢
跳跃于乡间小路
唯恐被巨轮碾碎
看被人遗弃的杏梅种
我把一个幼小的生命带回
那时不知道我是蚱蜢
也还能活跳到如今
也不知道故乡的土有神奇的魅力
种子和泥土的默契
只是向自然展示一个形象

我这蚱蜢竟越跳越远
看故乡仅在每个十五的月里
而杏梅的根却深深地扎在土里
吮吸雨露吮吸阳光
故乡的泥土上多了一个忠实的儿子

理想

理想
我热恋着的情人
我恨你的固执
但又不肯放弃你
愿你是忠贞少女
我决不做负心郎

霹雳　春雷

闪电
一道划破长空的命令
轰隆隆,轰隆隆
苍穹间恍似奔来大队的天兵
万枪齐放,万炮齐鸣
大地震颤了
连小草也突破了严冬的藩篱

为唤醒一切沉睡的
霹雳炸碎了自己

02

大地上布满了诗行

十八岁

清明去中山谒祭烈士墓,听当地一个老农介绍。全国解放前夕的一次战斗中,为了消灭残军,又不毁坏敌人占据的茂石村,不伤害老百姓,我军放弃了大炮的轰击,硬是浴血冲锋,解放了茂石村,但因此也有很多指战员牺牲在晨曦将至的黎明,其中最小的只有十八岁……

十八岁
该是黄金的别称
十八岁
该是雄鹰展飞的早晨
十八岁
要报答父母呵
要负起家庭生活的重任
让辛劳的父母喘口气
松一松过早老化的肌筋

可你十八岁
就远离了父母亲
为加剧蒋家王朝寿终
离别苹果绽开笑脸的山东苏区
来到江南的崇山峻岭

一九三四年的黄昏还是早晨
垂死挣扎的敌人
罪恶的子弹射向你年轻的心
十八岁年轻的鲜血
染红了你倒下的土地
十八岁的生命停止了呼吸
悼念的人们
甚至
没有找到生育他的父母亲……
听着听着
泪承于睫欲滴
我心里默默在想
十八岁,我该怎样理解你的含义

山里的

山里的屋基是石头砌的
山里的路是石头铺的
山里的一切都是坚硬的
山里的石头是坚硬的
山里的地也是坚硬的
山里的泥土也是坚硬的
山里人的话也是坚硬的
掷地有声
可山里的炊烟
却是柔软的

夜

夜
伸出千万只无形的手
去抚慰劳累了一天的人们
又用针筒小心翼翼地给
缺少营养的人
打着各种功能的针
又将一个个大地的儿子
抱入自己的摇篮沉睡
当黎明来到时
又准时将人们送去

小石桥

每次回故乡
总要徒步两三里
去看看儿时的记忆
那时,曾在砍柴的归路上
在桥下
躲过暴雨
避过响雷
而且在桥下
听过阿有大伯的"大书"
他说:桥
是山里人的命根
而且说桥是永远不会塌的
是的,那时
天上是乌云和响雷
而桥下是一片欢愉和笑浪
桥身上缠绵的木莲
也在颔首静听
雨终于住了
响雷也已归去
唯有那一片离情
总缠绕着我

许多巨大的
水泥的、钢铁的桥
但总没有这石桥亲切

婚礼

阿卓哥的婚礼
是中国传统里最隆重的婚礼
是中国江南最典型的农村婚礼
邀来村里的老先生写上最吉祥的对联
请来村里最长寿最有名声的老太太
讲一长串永远不会厌耳的吉吉利利的话
和许许多多的乡村名言
把一生托付给一张卖身契的老人
总是那么虔诚地相信命运

照理还要拜堂
还要对天成亲
这些仪式还是和过去一样
只有鞭炮声
（村里人都说）
比以往任何一个婚礼都轰烈
（那获奖的幸福牌大鞭炮是自己村生产的土货）

阿卓哥这个堂堂的三十五岁的男子汉
在那个沃野也会变成荒漠的年代
任凭他五大三粗，不管他脚快手勤

风风雨雨,吹得阿卓哥只剩下一个祖传的姓名
那个饥寒交加的夜
又送来冰冷的消息——
青梅竹马的阿秀
终于含泪远嫁吃商品粮的"老工人"
光棍总算光透了
连心里也像暴风吹后的沙地

而如今,可以在自己的土地上用自己的脑袋和双手
实实在在去做一点自己想做的事情
阿卓哥办起了家庭农场和发电站
婚礼上的新娘
竟是供电局的大学毕业生

鞭炮齐鸣,落英缤纷
贺礼中有工艺台灯、彩电
四喇叭收录机
还有精装本《鲁迅全集》

经过一个贫乏而萧条的季节
一切都变得兴旺和丰盛

客商

我说客商
你别凸着小肚子
还把猪猡似的头高昂
皮鞋在广交会的大门厅
敲得咯咯响
身边不知是小妾还是情妇
那般妖冶、熏香荡漾
眼光像鹰
盯着满厅的宝藏

老人和树

树一样的老人
老人一样的树
旷野里
他们是亲密的一对
老人常靠在树上抽旱烟
嘴里吐出一圈圈圆圆的年轮

猎人之死

南方的猎人缺少勇气
南方的猎人注定要死在家里
南方有一个猎人死了
南方的一个猎人死在家里

那杆被猎人握了五十年的土猎枪
静静地站在一边
干枯的枪眼里只有黑色的眼泪
地上一只粗瓷碗碎了
一只农药瓶破了
一个猎人倒在地上
就像倒在雪地里的熊和野猪

虎腰熊背,南方的猎人
却也有北方猎人的体魄
那杆原始的土猎枪
简直就像小泽征尔手中的指挥棒

而今,那杆猎枪,酒瓶、农药瓶
都成了另一种图案中的装饰
他永久地成为另一种姿态

他永久地闭上那猎人的眼
（还会有野兽在眼前飞奔吗？）
永远松开那猎人的手
（还会企望手中抓到猎物吗？）
永恒停止了流动鼻中的空气
（还闻得到草莽的气息吗？）
永生的脚板不再着地
（还会有坎坷的路在脚下吗？）

他，是用他最喜爱的两种液体
使自己醉死的
第一种是烧酒，燃烧的酒
就是中国的周总理，在中国的国宴上
在尼克松面前用火柴点燃
使所有在场的眼睛惊异的那种烧酒
也就是在中国酒坛几千年
醉了几千年
燃烧了几千年的那种烧酒

也曾点燃过猎人的青春和勇敢
大雪天、山中，猎人身边也总有这燃烧的液体

燃烧的酒,火焰从双筒猎枪中喷出
从猎人的眼睛中喷出火
一只只华南虎,一只只南方豹
迷路的狗熊、狐狸
以及兔子、山羊
都倒在烈焰下
雪白的雪,火红的血
总是那么相映成趣
而这燃烧的液体
另一种是"乐果"
是现代化学的产物
它,不会燃烧
但有甜的气味
是多水稻的南方最上乘的植保药品
八十年代每一户农家都认识它

南方的猎人不是专业的猎人
(打猎是一种副业
也许这就是不能成全一种勇敢的缺憾)
南方的猎人是多面手
南方的猎人也会务农

务农的猎人也有这种液体

南方的猎人用自己的双手
燃烧的液体和甜毒的液体融汇在一起
从生命之源的喉咙中流过去
猎人的火,被这种熟识而可怕的火
永远地吞噬了

没有葬身大山和虎口
却倒在自己点燃的火焰旁
却还是那般的安详
那般的安详

前天刚拿了那条钟爱的狗
第十几代的忠实的助手
从不让人碰一根毫毛
(真不知道,那狗肉是什么滋味)

只是邻居们说
他从集市回来失窃了一百二十元钱
儿子和媳妇在议论他的晚年

他也曾感叹现在的冬季雪不再厚
也很少再有野兽出没
也不再有人请他屠宰家畜
女人，也不再用火的眼光看他

于是猎枪、酒瓶、农药瓶
就匆匆倒在一起

南方的猎人从来不会悲壮
这一幕也是一种注释
文明的儿女将他送去火葬
那生命的灰烬
又将重新流向南方的土地

南方啊，南方
天上依旧有匆匆飞过的苍鹰
它们锐利的目光
不知是否在寻找熟悉的猎人
那熟悉的喷火的双筒猎枪
只是不声不响地
从南方的上空消失

02

大地上布满了诗行

开山 牧场十四咏

花

我把心献给世人看
一定是一朵鲜红的花

西湖

一个个绿色的涟漪啊
超大的磁盘
录下我们这整整一个时代
传达给千秋万代

西湖啊,西湖
你听到过多少赞美的歌
难怪你有这样多的微波
蓄起又荡起
层层叠叠

雷峰塔巨大的倒影
是不是你的唱针

我渴望

我首先渴望
心与心的敞开
不必再那样
自己向自己惜爱

敞开每一页心扉
痛苦和欢乐
与所有的心
连成一片

我渴望
所有的图书馆敞开
我渴望
所有的大门敞开
敞开所有商店的大门
别再让前门排队
后门在流大水

我渴望所有的物质敞开
年轻的主妇
精巧的皮夹再不要让无价的票证充满

敞开所有的教室吧
让什么批示
同意都去见鬼
别再让愚昧统治世界

永久的雕像

迪斯科的舞曲
二胡和古筝的悠扬
一起在门牌号斑驳的小巷
一位年逾古稀的老人
踏过秦砖汉瓦的废墟
去找一位年轻的女郎

青黛色的薜荔在古墙上
用绿色的眼睛瞭望
风,雨,人海的波浪
是谁在构思,有谁在构思呢?
那座属于小镇明天的
永久的雕像

铸

我是不会变心的
就是不会变

大理石
雕成塑像
铜
铸成钟
而我这个人
是用忠诚筑造的
即使破了
破了
也片片都是忠诚

闯荡

背一只褪了色的军用挎包
里面放一些合同订单
外加几本泰戈尔或艾青诗集

穿一双满是泥巴的大头胶鞋
以及农民特有的憨厚和纯朴
信心十足地去闯荡陌生世界

足迹

我用我的手
订一本齐崭的诗稿集
我要让我的纸和笔
都能分享我的喜悦
清醒的露珠和明媚的阳光
无私的风和勇于牺牲的露滴
……
我的考勤表
我的病历卡
我的日记本
我热爱生活呵
每一句诗
都是我为之奔波的足迹

我一千次地……

我一千次地咒骂自己
我一千次地告诫自己
别把一颗赤诚的心
捧出来献给别人

时间是属于自己的
自己好好爱护就是
像农夫耕耘田地
像小蜂吮吸花蜜
你只需紧紧捧着自己的书本

走向黎明——集体宿舍里的歌

每晚,我们睡得很迟很迟
青春的情热,白炽灯一样亮着
谁也不愿一天,机械地
在今晚夜校最后一道作业的答案中匆匆睡去
在《我的学徒生活》的最后一个句号里匆匆睡去
我们知道,谁的青春醒着
属于他的一天就在延长
属于他的时间才有分量
打开了《企业经济管理》
翻开了《机床设计图样》
我们每晚睡得很迟很迟
为着见来日鲜红的朝阳

春天

春天来了
地球是否重起来了
像丰满的乳房
流出无数的琼浆

断想录 1

蜘蛛
在岁月与岁月的断层间
你用你永远吐不尽的丝
缝合

日子
所有的日历
都长了翅膀
扑腾腾向我们飞来
我看不清
上面的内容

小草
小草在暴雨后的泥地上站起
没有埋怨
没有叹息
那细茎的探索
为了光明和露珠的晶莹
世界上最大的欢愉
莫过于思想的亢奋

太阳
因为有了我心的颜色
太阳才如此轰轰烈烈

月亮
一个病态的姑娘
也许是戈壁滩上的古尸

脸
没有水银的寒暑表
一天有三千个季节

河流
一条绳
将山峦锯成碎片

路
无数的碎石
人群走在
我旋转的脚底

床
一号船
我和你
轮流驾驶

笔
一颗会走路的心

交谈
齿轮和齿轮的滚动
偶然发出的声响

眼睛
太阳认识我们的窗口

时间
会旋转的大山
把岩石的故事
讲给所有的人听

办公室
一群顽皮的小孩在捉迷藏
桌子在给凳子作报告
凳子在讲桌子的坏话
窗户在转播电视实况

书
书,一块块方砖
堆砌着我的坟墓

02

大地上布满了诗行

斯坦因像 毕加索

始于今之墨坊辑

意见表

我穷
甚至没有一面镜子
因此也失去了自我
于是察言观色
把每个对我的眼光看牢

我想
哪里去捡几张废纸
让人填上我的意见表
忽然我又哈哈大笑
笑愚蠢的自我

我有个六平方的天地

在黑暗中寻觅到的光明
是永远不会黯淡的
在狭窄中追求到的辽阔
是永远不会缩小的
在贫瘠中创造的丰饶
是永远不会枯竭的

我是研究生

我是研究生
生活录取了我
从我和泥土接触的那一刹那起
我就喜欢研究
(眼睛的光闪耀着好奇)
种子是怎样萌芽的
米缸为什么总是空空的
双夏二十四小时
连续劳动
考过了我的毅力
粗菜淡饭
考过了我的坚韧
我不会喝酒、不会抽烟
考过了我的廉洁
大伯信任的眼光
是我信仰的源泉
行行整齐青翠的稻丛
是我的答辩论文
背大筐的老大娘
是我的指导老师
我不要博士硕士的学位

也不企求有空调的宿舍和面包车
也不企求名望

太阳给了我激情
岁月给了我启示
我研究种子和泥土的适宜
研究饥饿和仓廪的距离
我研究生活最沉重的支点
农民重负的脚印
（永无休止的脚印
一部没有章节的历史）
我懂得农谚的价值
我收集
于是，我知道什么时候是晴天
什么时候是雨天
什么时候有倒春寒
我研究种子心灵的眼睛
它们如何看清自己和泥土的友谊
我研究土地的脾气
怎样让大地慈母流出
哺育人类的丰满乳汁

我是研究生
但我不追求学分
当我把沉甸甸的金秋
送往粮站
那红色的纳粮卡
填上一个五位数的阿拉伯数字
我沉默而兴奋
那是我一个现代中国的农民
研究的成果
理论走向实践
我是研究生
生活录取了我
我研究一切人
一切生命
也希望一切人都研究我
我没有毕业文凭
我的葬礼便是我的毕业典礼
我的骨灰啊
便是献给大地的礼物

我，接受考验

我捧着红彤彤的准考证
我捧起一个失而复得的权利
就像一个渴望远航的船长
接到远航的签证
(上面的号码是999
仿佛启示我在知识的航道上
要经过九百九十九次的艰难曲折)

急骤的铃声
把我送进考场
一张张红润润的脸上
没有一点笑靥
(昨天，我们这些顽皮的小孩
还在草丛里捉迷藏
严峻的现实
阻断我的一切梦想
为昨天有过多的荒嬉
今天就该将更多的忧患承受)

又一次铃声响了
翻卷

每人挥舞起双桨

白色的考卷，波浪般涌来

我知识的船

又一次在风浪中启航

把船帆拉起

把脑弦绷紧

告诉你

我的智慧和坚毅

交给你

我所有的心血

一颗滚烫的心

02 大地上布满了诗行

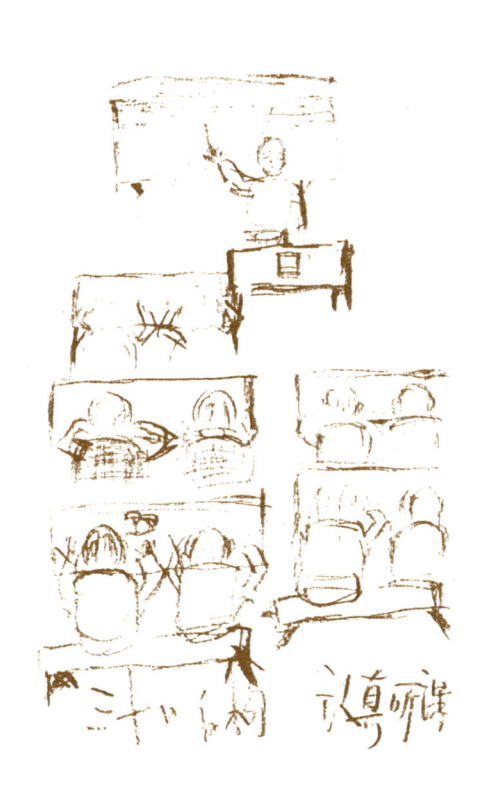

我不怜悯我自己

大街上一群人
围成一圈圈的圆形
原来有两个骑车人
互相碰撞
互不谦让
斗得满脸鲜血
面色铁青
我嘲笑他们

拥挤的大街旁
一片吵嚷的叫卖声
一个个小贩
一双双炯炯有神的眼睛
搜索每一个行人
我可怜他们

为了表达
我的所见所闻
寻找合适的诗句
常常彻夜不眠
我不怜悯我自己

断想录 2

一万个念头都会被一声叹息所葬送

再高傲的头颅
也情愿让理发师摆布

幼时我常常哭
眼睫毛上的泪花
是我有生以来所欣赏到的最美丽的花

路,你是地球的血脉吗
我能成为其中的一滴吗

谁怕失恋
谁就永远没有初恋

过去的永远过去
讥笑是激人的鼓点

世界上没有一个真正的农人能用自己的笔
写出对泥土的感受

对所有不公正的悲愤
都应集中在对自我品性的不断完善上

明天
不知在哪家旅馆的床铺上
又将会有我的小诗诞生

我崇拜

我崇拜在艰苦中搏斗的女性
我崇拜搏斗并非为了高攀的女性
我崇拜寻求精神的安慰高于寻求物质的女性
我崇拜在寂夜里痛苦的眼角只湿自己枕头的女性
我崇拜把一分铅币掰成两半用的女性
我崇拜内心犹如镜面般平静的女性
我崇拜为了等待理想贻误了妙龄的女性
我崇拜走在大街上眼光不放荡的女性
我崇拜常常伏在母亲膝前倾心畅谈的女性
我崇拜想到恋人还想到垂老的父母的女性
我崇拜像钟摆一样勤奋的女性
我崇拜像青草一样朴素的女性
我更崇拜安贫守命的女性
我更崇拜挽一下别人和跌倒的小孩的女性
我更崇拜一觉睡下去便到天亮的女性
我更崇拜沉默寡言的女性
是的
我崇拜一切一切生活旋律中富有特色的女性

23. 以下分。

像一棵树

无论是埋怨是叹息
被苦劳和思虑的纤绳
深深勒紧肩胛的人生
都会被远方的地平线
引诱得心旷神怡

精明、按部就班、俯首听命
像一棵树永远属于自己的地

崭新的阳台上

崭新的阳台上
一张张笑脸迎着太阳
阳光漂白了水泥的墙壁
欢乐的歌声在新房里荡漾

别忘了五十年前
你爷爷只有破席一张
四十年前你爷爷
破箩里挑着你爸爸逃荒

烈士鲜血染成的红旗
在天安门广场飘扬
是伟大的共产党把流浪汉
召唤到新时代的工厂

十年动乱你也许焦虑彷徨
我们的祖国将走向何方
如今,你搬进新居,站在阳台上
眼睛呵,应该向更远处眺望

不能再迟到

又要迟到了
还有三分钟五十秒
雨后天晴
我在泥泞的路上
向夜校奔跑
不肯再缺一节课呵
我已经整整十年迟到

绿的缝纫

你好！美丽的精灵
大地永远喜欢的新衣

高耸的大山是挺拔的衬领
无垠的草原是轻盈的裤裙
百千的森林是常动的律
亿万的禾苗是生命的经
溪河江流是连缀的线
海洋汹涌的潮是不倦的针

地心的吸引力，太阳和月亮的光能
带动着，带动着
这奇妙而永恒的缝纫

02

大地上布满了诗行

几笔亦可成画

钱江大桥六和塔示意

三十而立

三十而立
这句五千年高龄的遗训
常常叩打我的心

立什么
怎么也说不清
看到的只是
阳光下
印在土地上的身影

人生在刀刃般的路上奔走

人生在刀刃般的路上奔走
谁能把刀捏在手掌中
有的被刀划得头破血流
有的指挥刀刃叫顽石低头
有的用三分钟的叹息
把宝贵的精力葬送
有的用三寸长的利刀
镌刻万代春秋

难免有一天,我们都将被大气层回收
怯者和懦夫的呻吟
拍拍空如一洗的口袋
留下一片叹息的忧愁
勇敢者将在金石铿锵声中
向另一个世界坦然奔走

而我写下这些劣句
表明我还有荣辱的计较
实在缺乏勇气与世俗的尘埃作一个殊死的拼斗
但我羡慕智者和勇士的欢愉
因此我写诗写所谓的诗

借以排斥我心中不该产生的哀绪

你一定惊奇或者不屑一顾
而我竟把这几行奉寄于你
因为我从一个偶然的机会听到一个故事
我亲眼看到了那个身披长衫的疯子
而梦中传来的向金石砍削的嗞嗞声
鼓起我即将毁灭的斗志
哪怕看后你将这纸投入废纸篓
我还是兴高采烈地写了脑海中的记忆
心中实实在在的感受和自我奋斗的希冀

邂逅

不是孩提时大年三十的压岁钱
抑或正月初一去外婆家拜年
不是高考揭榜
不是盼望和瞻望
原是一种平和的希冀
在岁岁、年年、时时里

原本让人心跳的激动
一生一世只有一次

生活的重负

生活的重负
使我习惯了
欠债与团体斗争

于是
我又埋头在房间里了
为了自己的前程
走在人民的路上
得到那些最珍贵的
永不失去

宿舍的窗口

一九八一年四月十九日早上

天气这样温和，
又挥天好阳光，
刘昌破窗
你看
万物都在舞蹈

圣杯

我总觉得诗歌与我前生有缘
为什么我从童年至今一直热爱
也许诗歌是一只圣杯
里面可以盛放无数的苦难
或许是我祖先遗传的基因
只是在我身上更有了一些特征
要么就是我天生爱憎分明
对丑恶和善良特别敏感
总之,我喜欢上了诗歌
好像我喜欢自己一样

相遇

虽然我们每次相遇
由于匆忙
不能握手
但我们的目光
相互行注目礼
传递一个热情的问候
传递我们的喜悦和自豪

祖国的航船
在我们青年的河流上
奔驰
我们的每一次相遇
都得被岁月酿成美好的回忆

我的生活

所有属于我的时间
都从汗腺中流过
和我的力一起渗入泥土
这是我纯朴的自豪

于是,白天
我实打实地流汗
晚上,把汗水洗净的思想
写在洁白的日记本上

人已过中年
还是喜欢订阅《诗刊》
寻找自己喜欢的诗
虽然自己写不好
看到一首,哪怕一句好诗
激情澎湃在清早

繁荣

每天走向繁荣
我只怕人们失去记忆
电冰箱、洗衣机
使食品不会变质而发臭
洗去污染、洗去劳碌
这些都很需要

大彩电是黄昏的热门货
没有它整个夜晚会空虚
点缀了一个贫乏之后
它却没有记忆
一切的悲伤和欢乐
却复原为一块白板

人们的繁忙和忧伤
都是一种冲动
为充填一个长夜的梦

02 大地上布满了诗行

永恒的记忆

大浪淘沙
漂白了多少张无花无果的日历
日月飞逝
流失了多少个花红柳绿的季节

当黄昏走进子夜
忍不住寂寞的钟声
从远处的小巷传来
惊醒我记忆深处的白鸽
扑腾腾一起飞向幽静的夜空
于是
所有恨的悲歌和爱的欢唱
拥挤在我易于激动的喉头
流向无垠

风打雨锤,日晒汗浇
炼铸成一身强筋铁骨
吃苦耐劳就成了我最大的资本
我懂得开垦和泥土是忠实的伴侣
只要勤于耕耘
丰收定会到来

难免也有歉收的时候
那又算得了什么
明天,明天,明天……
我仍勤勤恳恳地耕耘
我坚信大地不会欺骗种子
阳光走过的地方花草一定茂盛

命运
把我从一个又一个急浪中抛出
我曾想闭上双眼
等待下一个恶浪劈头盖顶
覆没我的生命
我听到了与漩涡搏斗的悲壮呼号
激励起我全身的每一个细胞
我看见天上有美丽的鸟儿飞过
唤起我想跟它们走的欲望
原来,悲壮的呼号和美丽的鸟儿
我是那样地热爱
终于,拼尽母胎中所有的气力
重新在风浪中挣扎

从此
我从时间的流水线上
纵览人类生活的风景
一张张熟悉和陌生的脸
那色彩丰富坚毅沉着的颜面
装饰了世界这幅美丽的画
我渐渐懂得
生活中最壮丽的彩霞
就是与厄运作争斗溅起的浪花
沉溺者也许不全是自己的缘故
世界这幅永不褪色的画
并不会因此而减色

我总是带着地震般的心情渴望
每天每日能看到天上飞过的鸟群
每时每刻耳畔鸣唱着欢乐的歌声
时间的流水线上
生命的流水线上
人类这幅油画上
时常有和谐的奏鸣曲
一切的真善美
都立体地呈现在每个人的眼前

因此
我总认真审察
自己生命脉搏跳动的每一个音符
是否符合这阕乐章的旋律
生怕自己的歌喉
扰乱了别人的梦境
（尽管我唱得是那么真诚）

每天，每天的深夜
洁白如水的灯光
清洗我一天的思想
在笔记本上坦然地写下
可以告慰于自己心灵的诗句
（不管它能不能飞向人间）
唱给一切愿意听我歌唱的人
让他们去审视我的灵魂

倘若
有一天我突然消失
永远无声无息地消失了
那就留给历史
留给历史去考证

这是我们的家
这是冬日的黄昏
迎宾路上的宿舍里
一户很普通的人家

这是最美好的时光
是对我们一天认真生活的扌

03 这是最美好的时光

儿时的回忆

小时捉迷藏
我当坏蛋
你们是英雄
反扭我的双手
叫我讨饶
我说：我不投降

叠罗汉
我总在最下底
那时敢于和生命开玩笑
就快喘不过气
心也不着急

为了妈妈的欢喜
总要去邻居村的禁山上
砍来颀直的冬青、白桦
有时被管山的凶神抓住
我们会挥舞起柴刀
作一次生死搏斗的演习

这是最美好的时光

那时的太阳
我们也不珍惜
冬天怨它太软弱
夏天太狠毒
秋天又不肯多露面
常常在阴雨中收割

那时的白天总不够用
那时的夜是那么深重
仿佛都在我们的肩膀上
不信,你去看看
田野上永远有
我们深深的足迹

如今回想儿时
就像那时向往未来
一样的香甜
一样的神秘

埋怨

我曾经埋怨
我的妈妈
穷
没有一颗水果糖
落入我红润的嘴唇
而让我尝遍野草
荞麦和秧皮

我的胃渐渐粗糙
而变得像一台磨床
什么东西都可以
磨出力气,磨出汗来
使我的躯体
日趋健壮
仿佛世上多了一棵树
只是没有会说话的嘴巴
只会吮吸阳光、雨露
只会从泥土中吸取养料
什么都会吃了
什么都吃了

不知哪一天
妈妈对我说
你可以出门了
在世界上
你再也不会饿死

真的，终于我看到了妈妈
那培养出来的坚韧
在我的心中长大
连我的躯体一起长大了
当有一天
我也有了儿子
我一定
也要把妈妈的家教
告诉他
并准备让他埋怨

那只篮

我妈是个穷光蛋
只有一只针线篮
岁月久了
篮口缠着破布条
篮里盛满干枯了的血汗
粗针纳起的衣衫也许难看
着在身上我却极度舒畅
我深深地知道
布满边缝的针脚
是母爱
是希望
更是期待
几多年没见那只篮
梦中常浮现

流汗流血

在遥远的童年
偶然听祖母说过
穷人是不会流泪的
只会流汗、流血
我开始奔跑在故乡的路上
第一次跌破了膝盖
妈妈很忙,没有时间为我抚摸
此后,剜心的伤痛,我也不再向人说

我竟然长大了
从山间的小路走来
路越来越宽、越来越长
也有许多坎坷

妈妈没有给我什么财富
也没有一句值得背诵的嘱咐
只是养成了我善于忍耐
善于流汗、流血

你

我酒后在听音乐
《二泉映月》送我上了天

上天时我想到了你
你的白霜覆盖的头
你的脸上的皱纹
为了我自己的前程
如今我抛弃了亲人
独自在这楼上
学习语言、语素
我陌生的一切

妈妈,此刻
我醉酒了
我又想起了你

镜

母亲的眼睛
是一面我的镜
每一次相见
照亮我一次灵魂

泥土的孩子

我骄傲
我是泥土的孩子
我降在百籽落泥的季节
我落在满是软泥的草屋
妈妈从清明的田野里
被芬香的泥土醉得有些恍惚
无言的幸福在心中萦绕
拔腿走上泥泞的田垄路
柔情的泥土
在身后轻轻地叮嘱

农村的老大娘是多面手
五大妈用剪艾苗的剪子
利索而庄重地割开
我和母亲母体的联络
是泥土孕育种子的季节
当五大妈伸出沾满泥土的双手
我清脆的啼哭
已在母亲的怀中发出
父亲放下手中的犁耙赶来了
赤裸的脚

一步一个绿色的脚印
李大伯送来带泥的黄花菜
福华嫂送来刚掘的鞭笋
在宁静山村的小屋
到处充满泥土的祝福

泥土的孩子
泥土般地生活
自有泥土的欢乐
泥土呵
我无私的保姆
我顽皮
在你的身上打着滚笑
我疲倦
躺在你宽柔的怀抱
我痛哭
你为我敷上一把香粉
止了我的热泪

多少次
父母上田去了

回家
一张山
种的战道
之处

10

我在后面奔跑
泥土大伯又来和我开玩笑
轻轻地绊了我的脚
老的嘴要把我细嫩的嘴亲吻
还塞一把砂糖
让我在口中嚼磨
泥土的孩子
像泥土上的庄稼般迅速成熟

袜衣

单薄的鞋底里
填进妈妈缝的一双袜衣
一针一针密匝匝的线把破布条缀紧
一股股温暖传到我的心里

啊,妈妈我又长高了
你的力在我的力点上增添
我的脚步更加矫健有力了
妈妈放心吧
我的每一个脚印都沿着你的希冀

我不再哭泣

不知道为什么
妈妈,我不再哭泣
也许是在那个时代
我的泪已随着你的
脸颊上的黄河流尽了
或者泪腺已被风沙堵塞
或者是在我的记忆深处
你遗留给我的
只有快乐和勇气
反正,我不再哭泣
所有的痛苦和折磨
都来吧,每时每刻
我决不哭泣
妈妈,今天
我这样对你说

我是山里人

山里的风
山里的云
二十三年的风云
在我的声带上
和脸颊上
打下有声无声的印记

是那阵风把我刮到乡下去的吗
谁也记不清
反正妈妈至今也没有叫我去查原因
反正二十三年
我怀念
更多的是珍惜
如果在城里
二十三年我也许已大学毕业
也许也能为姑娘削圆形的苹果
也懂得了各种眼色
懂得了什么曲调最流行
但那都是平常的啊
好像一支流行曲中的一个音节

如今，我走向城市
从三间两套自己造的木屋
走进这十二平方的集体宿舍
那松木板的箱子里
装着我的《童年》《在人间》《我的大学》
和除夕夜画下的《自画像》
笔记本里也珍藏着妈妈的嘱咐
我是山里人啊
我的一切都散发着山的气息

许是对山的怀念吧
许是对山下瓦房里母亲的想念吧
我竟学起了写诗
山在我心中的形体
和我对山的怀念
一起在纸上诞生
我把我的第一首诗稿
寄往山里
我的母亲啊
让乡亲们分享
那收获的喜悦

我的一切都属于你的呀
我是山的子孙

我是山里人
我的头颅是山的象征
我朴素的衣
永不变色

在犁耙即将繁忙之前

那个冬季里我没有难过
我在那里滚爬过十三载的故土
记忆中的冬季
农闲,而学大寨的奔忙和沉重
那水库大坝的杠子和泥土
足以使你的肩头脱皮

而近年来,再也没有这种劳役
而冬季真成了农闲
长长的夜,空虚而寂寞

在犁耙即将繁忙之前
麻将牌再一次疯狂

(石化的时间)

出航

修葺被狂风刮破的风帆
喝一碗妈妈的浊酒
把妈妈的眼光当枪灯带着
悬挂在头顶,我又快乐地扑在风中雨中
我用尽臂力握紧属于我的舵
从此我和海燕和浪花为友
只让妈妈的思念缠绕我的梦境
我又出航了
我渴望风浪和搏斗
并不祈求满载而归

三十夜

三十夜,我斩柴
一捆捆,整整齐齐
储藏起来吧
温暖留给母亲
我的思想也应该这样干燥、整齐
一触现实的火就熊熊烈烈

故乡雨夜

总是这样的时辰
总是这样的乐曲
单纯、明快、舒心
雨滴们在屋檐的上下
奏响我沉默的记忆

是一年级的第一个学期
第一次把奖状和全优的报告单
连同老师的微笑
一起带回到破旧的屋里
平时我没见过母亲阖过眼皮
那晚我才听见母亲均匀的呼吸
那无名的乐曲总没有停息
我忘了是什么时候开始
也始终没有听到结尾
那是我第一次走进美满的梦
至今还没有醒……

我的宣言

虚无,对我是一个什么字眼
曾经一次又一次地思索
对于自己的念头
一方面是千次的谴责
一方面是万次的赞美
那理想的花为谁开
那理想的花为谁红

母亲啊
为你的一个殷切的眼波
我要奋斗一生
像骆驼永远跋涉在沙漠
不,我不虚无
辽阔的地平线
就是我的路!

地

童家后山,有块地
我少年时
跟在母亲身后垦种过
后来,那块地
成了大姐的陪嫁

母亲去世后
沉重的骨灰
存放于此
大姐自姐夫去世后
也已老了
不能再去种植

我现在
常去开垦、锄草
种上母亲喜欢的蚕豆和豌豆
我不知道
我们之前是谁去开垦
我之后
又有谁会去种植呢?

"雄狮牌"

奶奶
我为你点燃一支烟
一支你舍不得抽的"雄狮牌"
我先为你抽一口
再送上你那干瘪的嘴巴
我又听到你逢人就说的话
哟！这是我小孙孙
打石头挣来的烟

奶奶
今天我又为你点燃一支烟
却再也看不到你那
笑得合不拢的嘴巴

相聚

我和我的乡亲们
总是在这个时辰
我们又在田头相聚
谈话
总像晚霞吻上榉树一般亲切

波涛

八月南方农村的田野里
一个收割的家庭
一支和谐的歌
父亲手里金黄的稻把
一支金色的指挥棒
一起一扬
把丰收的音韵敲定
而这支乐队
就在金黄色的波涛中前行
八月南方的田野里
千万支歌在快乐中行进

太阳在山那边挣扎——写于爷爷去世时

太阳在山那边挣扎
黑夜把一切都窒息了
沉重的生命
时钟的节奏
再也没有旋律

呻吟
曾从你的咽喉发出
撕裂长夜的禁锢
当报晓的鸡鸣
给你送来胜利的消息
你却酣睡了
一夜的疲倦
激战后的平静

奔波的足迹
从此停止
灵魂向着天堂翱翔
你那能写一手规矩字的
我熟悉的手掌和手指
陈旧的古铜色的烟杆

（那烟杆里的焦油
曾敷过我梅雨季节里染上的
脚趾和脚底奇痒的霉菌）
旧铁罐做成的烟灰缸
都将从我的眼睑消失

再也没有
床前明月光……
和奶奶爷爷共居楼上的时节
再也没有了吟诵
两个黄鹂鸣翠柳
一行白鹭上青天
窗含西岭千秋雪
门泊东吴万里船
那春风沉醉的晚上
岁月的巨轮
阻不断我的思念

我曾牵着你的衣襟
从一条田垄走向另一条田垄
满坎的青藤

是我们天然的毛兔的饲料
指着坎头地角的无名小草
你给我说道
紫花、白草地丁、半边莲
香附、夏枯草、五加皮
金钱草、牛膝、车前草
五香草、何首乌、苏叶
它们的性格、脾气
和对人治疗的功效
我多少次的热病
伤风全靠这些花草治好

你蹒跚的步履
和我幼稚的笑语
苍老的身影和我的身影
故乡的泥土每处都有
我们的留影

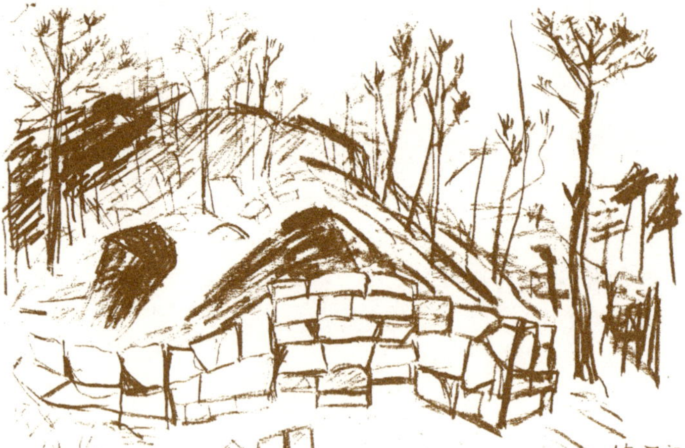

黄土

清明时节的太阳,还不甚热烈
下午五点时分,已被灰雾笼罩了
我为奶奶的坟添上几担新土。黄崭崭的
墓的四周是我亲手打的石头砌成的石壁
多情的小草,已海绵般地生长在坟地
墓的两边白栎柴已吐出黄芽
坚漆已开着白色的小花
杜鹃是这里的旺族,疏疏密密错落地散布着
"清明鬼叫"的鸟在远处鸣唱
山下田野阵阵的聒噪声传上山来
风吹来,柴草都发出窸窸窣窣的声音
只有我的奶奶沉默着,沉睡着
我又添上几把黄土,缅那永远安详的灵魂

只有我的眼睛能读懂

我诞生的穷乡
我故乡的山岗
我经过的道路
我住过的破房
我的桌椅、硬板床
泥土、水、石头
刺、尖、火星
一切的一切
只有我能读懂
上面都有我的汗水
和流失的时光

隔着生命之河

农历三月,早五时十六分
面向东方,面向父母大人的遗像
我双膝下跪,父母生前,我没有跪过
过时过节,讲是拜年,更像是走亲戚
今天,隔着生命之河,一跪才能传递信息

初一、十五,母亲生前为了儿孙们祈福
苍老的手,点燃永恒的香烛
多少年,多少个清晨,在故乡
在喧闹和孤独中

在河的对岸,我遥寄祝福
生前劳累了一世的人
会有一个好的归宿
享受平静而无烦恼的清福

我走向生活
如多少年前一样
兴冲冲,没有倦怠
身后永远有父母的嘱咐

夏夜

夏夜是喧闹的
是咖啡馆里迪斯科
和远处辉煌的街灯
而这一切不属于我
也走不进我的向往

我心里的景象是另一番颜色
火红的夕阳已描不准母亲的佝偻
淡绿的月光也染不青母亲的鬓发
唯有乳白色的山风在母亲胸中回荡

最喧闹的夏夜不属于我
喧闹的是我心底的记忆
这,我不能对任何人说,也不想说
母亲,永远只属于她的儿子

故乡的一切
我再不会有什么酬报
儿时的伙伴
也许还理解我
每夜,每夜,那一串串的萤火虫
总把我对母亲的思念
点得那么亮,那么亮

你的眼睛——献给母亲

从清晨的露珠
到深夜的星空
我处处见到
你明亮的眼睛

我时时用你的目光
——雕塑自己

03

这是最美好的时光

叶小千
80.12.27

在我怀念你的时候

一、
怀念
是一种痛苦
一种饥渴
一种可望而不可即的追索
然而
在我怀念你的时候
一束束彩色缤纷的烟花
辉耀在我寂静的夜空

二、
记得有一次
你发现了我对你的
爱情

你笑开了
像一股跳跃在山头的
瀑布
你对我说
也好

就让你爱着我吧
只要你的爱
不是一条线
不把我系在你的身边
不拦住我前进的
脚步

三、
从此
我就如你所愿的那样爱你
从不向你要求什么
当你远走的时候
我替你扫除
对过去的依恋
替你整理行囊
替你揩拭干净
在分手前夕
眼中流出的眼泪
我没有忘记
催促你
上路

黄昏时分

总是惦记着,有一双眼睛
一定在顾盼
有一辆旧飞鸽车
载回一个宁静的黄昏

而惦记是一回事,临下班
被电话打扰又是一回事
那飞鸽牌班车
总是误点、误点、误点
仍然脱班、脱班、脱班

于是,那一双顾盼的眼睛
不得不注视夕阳中的路
因为路上行人如蚁
且不愿看人家的班车
总是准点而且满载
而我总是惦记着,也仅止于惦记

当推开那扇装在走廊上的厨房门
所有的顾盼和惦记已成为记忆
而每天的重复和希冀一样悠长

听夕阳的歌声远去
黄昏时那一锅饭和几碗菜
亦是夕阳的清香
谁也没有提起,曾有
一种惦念,一种顾盼
即使听妻子那怨言也是一种享受
每个妻子都有一种依靠
能感受到妻子的需要
得不到时的哀伤
是每个丈夫的荣幸

这就是一九八九年
一月二十六日的黄昏
说不上是美丽还是忧伤
反正在脑海中如伤口一样深刻
在桐庐镇安乐路139号这地方

奔波

从浦江坐车回桐庐
心中怀念母亲已无用
公园山路边难觅父母踪影

昨晚睡浦江车站边
异地的夜多寂寞
年纪一把尚奔波
一事无成暗神伤
今日回桐似振作
面对现实要工作

回家后洗澡换衣
路程的灰土都抖落
亚萍的辛劳记心间
一定要有效果出来

和亚萍睡在暖和的床上
忘却了心中的一切苦恼
但是明天一定要好好工作

一定要使自己的家人,
过上幸福的生活。

叶小平
一九九九年一月二十日
上午十时十八分。

女儿

1989年2月22日23点50分
桐庐人民医院产房
亚萍,我的妻子
在撕裂的痛苦中
分娩出我们的女儿
4200克的重量
预示着将会有一个强劲的体魄
还有浓黑的发
仿佛已是周岁的孩儿
甚至有些人一生也没有那么黑的头发
甚至浓黑的眉毛
似乎生来与男子比勇敢
这时候,亚萍和我
心情都是愉悦着
因为我们的爱
也为世界创造了未来

于是,就有我的朋友和亚萍的同事
陆陆续续
带来真诚的祝贺
207房间的第32号病床上

亚萍静静地躺着
在好友们的探望和时间的流逝中
让创痛渐渐愈合
于是,我每天就在这医院里
用我的粗大的手服侍亚萍
料理我们的女儿
鸡蛋、核桃肉、米饭、鲫鱼
我的烹调技术是最差的
但亚萍吃了都很可口
看来吃的胃口和缘分也有关系
给女儿吃苦的"希黄"
这是传统的做法
我们生活在传统与现实的夹缝
有时什么都参照一点
随后可以给她吃母乳化奶粉
冲入葡萄糖
女儿吃时胃口很大
吃出很响的声音
有时连奶瓶的头都吸得干瘪下去
这是我的秉性
会吃会干活吗?

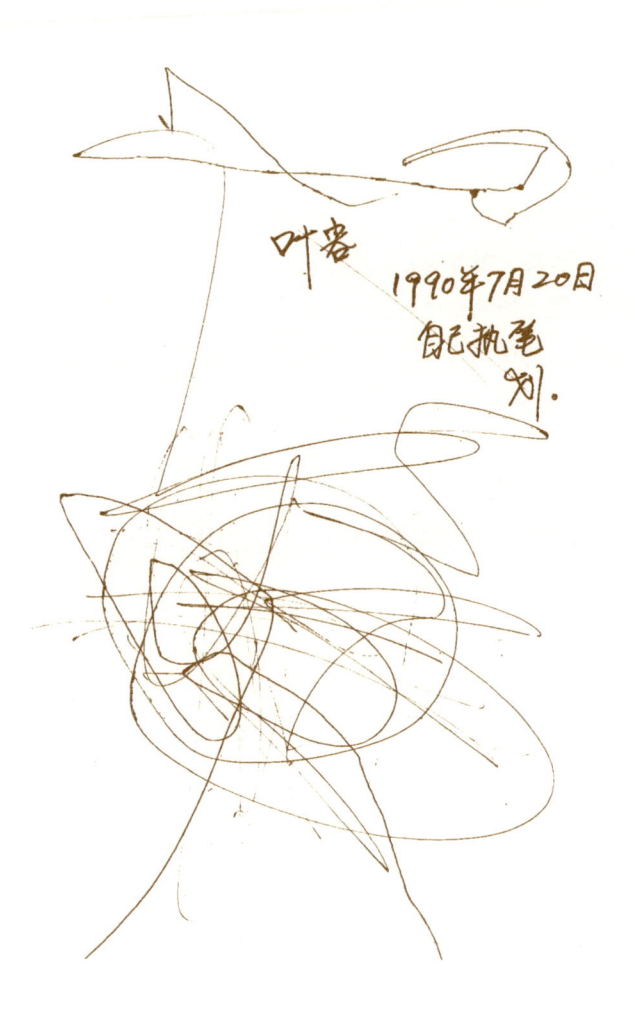

叶客 1990年7月20日
自己执笔
刘.

回家时和爸妈说
生了一个孙女
爸说叶氏家族女子成材比男的多
取名字也要有所寓意和寄托
他说男与女都一样
一样的血脉贯通
一样的能作能为
我想的很是单纯
要教育我们的孩子
尽自己的能力
做有益于社会的事情
可以做个医生或者教师
做个翻译，或者能爱好书法或文学
总之，做一个堂堂正正的人
我知道这一切都是生活
历史正在过去
我的思想却会永存
过多少年我女儿也能看懂
也许领会比我更加深刻

叶小平

叶客. 1993. 3.9
晚上第一次写我名字
叶小平

心境

躺在32号病床上
听邻床的女人们的聒噪
对生男娃的孕妇和婴儿的赞美
是这样的一种滋味
我理解亚萍的心境
实际上我的目光
看着我的女儿
心里在想
凭我女儿这降生五天
就有那沉思的模样
将来一定会很有毅力
当我从内心的幸福中抬起头来
亚萍的目光和我的目光
融在了一起

岁月

女儿酣睡着
均匀的呼吸
放松的眉头
一张天真无邪的脸
床头的台灯
无忧无虑地映照
母亲的手臂护卫着
女儿的酣睡
父亲在写一天的日记

03 这是最美好的时光

爸爸你在厂里饮马吗？你的工作女子吗？我在幼儿园很女子想爸爸你

我们走过雪

大清早,天地一片纯静
我们的女儿却已醒来
于是,我们一起行走在
故乡的雪地上

走过村前的溪坎和田埂
走过前山的小路、后山的沟渠
渠上的小桥,桥上的雪
那清脆响亮的声音
体现了温柔的厚度
旷野上,寂寥的春节
我们父女二人的身影
故乡那场丰厚的大雪
是多么纯洁而美好

写在《世界名著连环画》扉页——给叶容

1994年8月21日购于桐乡乌镇茅盾故居。1994年8月22日晚记于迎宾路17号环保局宿舍501室东窗下。

幼时家贫，渴望读书而没有
及至青年，求知欲仍然强烈
但囿于生活，常忍痛割爱
舍弃书籍而为杂事奔波
但对书的热爱仍然如故

叶容生于吾家
虽不富，亦不贫
至少不为温饱而愁苦
故今择书
一则为圆幼时渴望得书之梦
二则希望叶容能从小珍惜时光
从书中汲取人生之真谛
以引导自己立志，学有所长
过一个有意义的人生

爸爸、
　你好吗、你在厂里好吗、你的工作好吗、你身体好不好、
　我在家里等你
　　叶容1995年8月17日
　　爸爸、

回家有感

1992年2月29日早去杭州出差,为省基地公司办事。中午11:30乘出租车去沪。3月1日去虹江码头路1号钱塘公司仓库看了货。今早8点去省商检,终因纸箱、塑袋、CE-标志质量等原因未能办好放行,悻悻而归……

三天,多么短暂的一瞬
回到家,那么恬静和新鲜
红的窗帘,雪白的台布
橘黄色的家具,宁静的床
妻子欣慰的笑
热茶,比茶更爽心的语言
阳台上挂着女儿洗净的衣服
幼儿园里的女儿
这一切都是那么的亲切
三天,这短暂一瞬的离别
一切都是那么明丽而新鲜了

想念

1989年8月16日,亚萍、叶容在外婆家。

想念的手很长很长
能摘任何一个幸福的果

每天，看到叶容在亚萍的照料下，高高兴兴地到幼儿园去，蹦蹦跳跳地回家来，一天比一天聪明活泼，一天一天地长大。使我从内心充满了对生活的感激之情，促使我更勤奋、努力地学习和工作。

1995.3.11.

叶梦雨　一年级　一(1)班

性格特点：　喜欢子

有较强的模仿和形象思维能力，能专心于自己所做的事，有较强的自尊心；爱好、兴趣比较多，什么都想学，比较爱好美术。

我们家长常常想，管教太严，容易给小孩造成比较拘谨的性格，深怕影响孩子自由想象的能力，造成呆板，因而显得比较随和一些，所以平时孩子有些任性。脾气有时容易急燥，性格脆弱不够坚强。

想做的事，能做的事，能认真去做好。学习上有比别人先懂的地方，也有点骄傲。

家长会布置的作务，我们不知怎样写，不当之处请老师修改。

家长：叶小平　李亚萍
　　　1995年9月14日晚

报名

今天是 1995 年 6 月 25 日
在初夏大雨放晴的下午
我和亚萍带着叶梦雨
带着我们八岁的女儿
带着我们的未来和希冀
到桐庐镇二小去报名
校长龚带娣
给一份报名表
我们认真填写,十分仔细
叶梦雨,认真做入学考试
填 50 个阿拉伯数,写 20 个汉字
画一幅画,还要算术的口试
梦雨的画,一幅完整的构思
一场面试
鼻尖上沁出了汗珠
梦雨,报了小学的名
又要开始新的历程

这是最美好的时光

——应女儿梦雨而写

我在外面奔波了一天
回到这宁静的家
亚萍烹调的蔬菜豆腐在暖锅中喧闹着
是那么新鲜,那么香气扑鼻
梦雨,我们的女儿
在阳台的桌上
认真专注地做着学校布置的作业
台灯橘黄色的光芒
洒满在那小小的圆桌上
这是我们的家
这是冬日的黄昏
迎宾路上的宿舍里
一户很普通的人家
这是最美好的时光
是对我们一天认真生活的报答

留 言 条

爸爸、
　　我和妈妈去玩一会儿。
　马上回来！

　　　　　　　　97年十二月二十日
　　　　　　　　叶梦雨

我们一家

我们一家,三口人
住在桐庐县城的迎宾路
我叫叶小平,快近天命之年
没有觉今是,却深感昨非
所以,在自己小小的玩具公司
从早到晚,做着一件一件细琐的事
自己看来却也无比伟大
因为那是我的安身立命之本
看得与生命一样重要

妻子李亚萍,从贫苦的农村出来
走进过严州师范,走进过九岭中学
后来又走进了政府机关——环保局
她关心着住在大脉地的年迈的母亲
和远在厦门的忠厚的弟弟
关心着自己的丈夫是否能挣到钱
更关心女儿的学习和生活

女儿叶梦雨,桐中高一刚读好
成绩可以升高二文科重点班
今天上午和原来的同学戴莉莉一起

在我厂里给包装圣诞帽的塑料袋贴标签
下午回家,现在在网上看韩国电影

窗外,朦胧的黄昏中酷热升腾
隔着一层厚厚的玻璃,室内冷气充盈
我在喝冰啤酒,看《南方周末》
然后,又写了这两页,想到的一些话语
时间不可以存留
思想会转瞬即逝
写下的文字却可以见证
若干年后看到,恍如昨日

梦雨：

　每天都应该想一想我学了些什么？又增长了一些什么知识、能力？今天又准备学点什么？学习本身也是一种乐趣。
加油！
加油！

　　　　父字 2001 2 21

写在日记本扉页赠梦雨

日记,是一个人的历史
一个家庭的历史
一个家族的历史
一个民族的历史
一个国家的历史
一部世界史
——不都是由一个个人组成的历史吗!

写日记正好呀
从此就有了我们自己的历史
——思索的历史
——历史的思索
在行进中思索
在思索中行进!

脚步

晚 9 点 46 分
亚萍和每晚一样
听到了楼梯上梦雨熟悉的脚步声
打开家门
迎接梦雨的归来

在妈妈叫梦雨
梦雨叫妈妈的声音中
梦雨到了家里

这是最好的时光

短信：爸爸真的还有好多题不会做的…也没有办法啦！考完算数！哈哈哈… ｛发信人：叶蓁蓁 发信：2009.01.08 20:58:56｝

呵呵，世界上有那个人能解所有的题呢？｛2009.01.08 21:30:21｝

永久的祝福

一只发着银色光辉的波音 737
一个会思想的飞行器
轰鸣着,从万丈高空
载我,飞向遥远的美利坚

着陆、滑行、停稳,我急速走出机舱
那是一个新的世界吗?
有熟识的亲人相迎
犹如我熟识的女儿
在这陌生的国土上

行走,随着四轮的驱动
尽管窗外的景色辽阔而亮丽
我终于理解了世界上最珍贵的风景
其实还是久别重逢
对于女儿抑或是儿子
我永远是一个旁观者
他们一定有属于他们的世界
有自己的向往

给叶子和张坤

先后看到你们的年度总结、年记,甚感欣慰。恍如亲历你们的所思所想、所经所历、所忧所虑、所作所为……感谢两位给了我们一个了解你们的重要途径和分享机会。尽管我们相距遥远,但也有了一种紧密的联系。

跃动的游思
你永恒地卷向前去
回顾与展望
人生就是不断与各种困惑作斗争

战胜困惑的能力
就是生活的能力

我们最多只是止于相互表达各自想法
这不影响每个人按自己选择的道路前行
真诚地希望两位
按共同选择的道路和方向
——勇往直前

父亲节致女儿

2022年6月19日上午,女儿发来年幼时照片,并贺父亲节有感。

年轻的,健壮有力的
父亲的手!
充满对未来世界惊奇的、喜悦的
女儿的眼睛!

父亲的双手
把女儿擎举得很高、很高
很高……
也许,因此:
女儿可以
看得很远
走得更高!

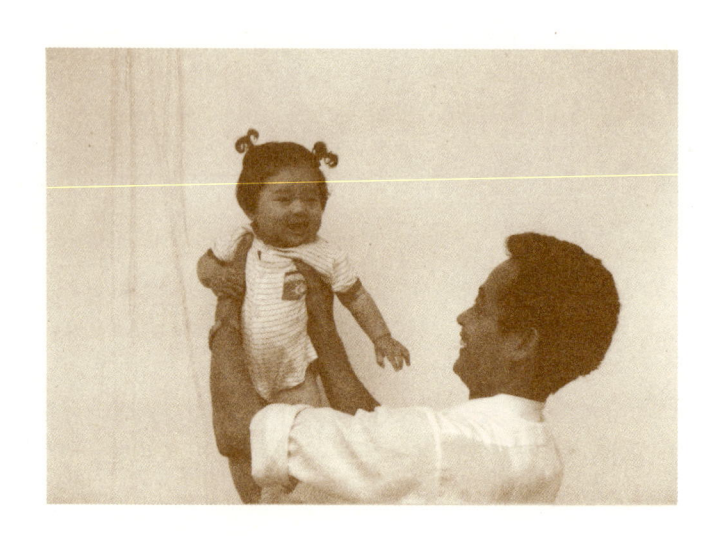

叶子要强有力！（此信人 叶梵雨 署名于：2010912 17:22:48）

图书在版编目（CIP）数据

我们劳作在大地上 / 叶小平著. -- 北京：中国工人出版社，2024.8． -- ISBN 978-7-5008-8501-6

Ⅰ．I227

中国国家版本馆CIP数据核字第2024V7K507号

我们劳作在大地上

出 版 人	董　宽
责任编辑	陈晓辰
责任校对	张　彦
责任印制	黄　丽
出版发行	中国工人出版社
地　　址	北京市东城区鼓楼外大街45号　邮政编码：100120
网　　址	http://www.wp-china.com
电　　话	（010）62005043（总编室）
	（010）62005039（印制管理中心）
	（010）62001780（万川文化出版中心）
发行热线	（010）82029051　62383056
经　　销	各地书店
印　　刷	北京盛通印刷股份有限公司
开　　本	787毫米×1092毫米　1/32
印　　张	7.875
字　　数	150千字
版　　次	2024年10月第1版　2024年11月第2次印刷
定　　价	56.00元

本书如有破损、缺页、装订错误，请与本社印制管理中心联系更换
版权所有　侵权必究

科学村时
资料
冶巴·日记
石工.青城